LES
HOCHETS MORAUX,

OU

CONTES

POUR LA PREMIÈRE ENFANCE.

LES
HOCHETS MORAUX,

O U

CONTES

POUR LA PREMIÈRE ENFANCE;

Dédiés à Leurs Altesses Sérénissimes
Mademoiselle D'ORLÉANS,
& Mademoiselle DE CHARTRES,

PAR M. MONGET.

Ne montrez jamais rien à l'Enfant qu'il ne puisse voir ; tandis
que l'humanité lui est presque étrangère, ne pouvant l'élever à
l'état d'Homme, rabaissez pour lui l'Homme à l'état d'Enfant.

(J. J. ROUSSEAU.)

Difficile est propriè communia dicere. (HORAT. ART. POET.)

A PARIS,

Chez LAMBERT & BAUDOUIN, Impr.-
Libraires, rue de la Harpe, près S. Côme.

M. DCC. LXXXI.

A LEURS ALTESSES

SÉRÉNISSIMES.

Mesdemoiselles,

Un des plus doux momens de la vie d'un François seroit, dans sa médiocrité, de se voir distingué par ses Princes ; sa véritable gloire , de pouvoir ajouter leur suffrage à la satisfaction intérieure d'avoir fait quelque chose d'utile aux Hommes. Tel est le bonheur que je dois à la protection dont vos augustes Parens ont daigné prévenir cet Ouvrage, en permettant que je le dédie à *Vos* ALTESSES SÉRÉNISSIMES. Si cette récompense est au-dessus de mon travail, j'en paroîtrai peut-être plus digne , par le sentiment qui me l'a fait entreprendre. La Nation verra avec attendriſſement une nouvelle preuve de la bonté de ſes Princes, attentifs à favoriſer tous les moyens qui peuvent aſſurer ſon bonheur. Il n'en eſt point ſans la vertu. Vos premiers ſentimens, MESDEMOISELLES , auront atteſté cette vérité. Eh ! qui pourroit s'y refuſer, quand le Sang des BOURBONS en

donne conſtamment la leçon &
l'exemple ?

Je ſuis avec un très-profond
reſpect,

DE VOS ALTESSES SÉRÉNISSIMES,

MESDEMOISELLES,

Le très-humble & très-
obéiſſant Serviteur,
MONGET.

AVANT-PROPOS.

C'EST fous le Règne d'un Monarque, qui, dès fon premier pas au Trône, mérita le nom de Reftaurateur des mœurs (1), dont un des Infti-tuteurs (2), en parlant des qua-

---

(1) Oraifon Funèbre de Louis XV, prononcée à Saint-Denis, par M. de Beauvais, Evêque de Sénez.

(2) Dans un Difcours prononcé à

lités précieuſes qui diſtinguoient
ſon enfance, préſagea les gran-
des vertus qui le font aujour-
d'hui reſpecter des deux mon-
des. C'eſt ſous ce jeune AN-
TONIN, qu'un nouvel ouvrage

---

l'Académie Françoiſe, par M. l'Abbé
de Radonvilliers, la première année
du Règne de Louis XVI, dont il
avoit été Sous-Précepteur, on re-
marqua cette phraſe : » L'on dit ordi-
» nairement au Roi : défiez-vous des
» Flatteurs; aujourd'hui l'on peut dire
» aux Flatteurs : défiez-vous du Roi. »

de morale peut, tout foible qu'il eſt, ſe flatter de quelque accueil.

Il ne reſteroit rien à dire ſur ce ſujet capital (1), après tant

---

(1) La morale eſt la propre ſcience & la grande affaire des hommes en général. (*Locke.*) Ariſtipe comparoit ceux qui s'arrêtoient trop à l'étude des beaux-arts, aux amans de Pénélope, qui négligeoient la maitreſſe de la maiſon pour s'amuſer avec ſes femmes. *Quid leges ſine moribus ?*

A vj

de grands Hommes (1) qui l'ont
traité , s'ils avoient mis à la

---

difoit Horace. Les ames honnêtes,
qui , au milieu de la corruption des
mœurs , fe débattent contre la fé-
duction ou la force que des loix
ne répriment point encore , ne peu-
vent-elles pas dire aujourd'hui : *quid
mores fine legibus ?*

(1) Dans ce nombre, on diftingue
l'Auteur du *Théâtre d'Education,* &c.
Puis-je craindre que l'accueil & l'en-
couragement fi flatteurs , dont elle
a honoré la première efquiffe de cet

portée des enfans une fcience dont on ne peut trop tôt leur donner des leçons. Je fais bien

———————————————————

Ouvrage, deftiné à l'éducation parti-culière de ma Fille, rendent fufpeçt un éloge avoué par tout ce qui fait apprécier les vertus, les talens & les graces? Si fa modeftie fe refufe aux louanges, une autre de fes vertus ne peut rejeter l'hommage de la recon-noiffance que je lui dois, lorfque, de fon propre mouvement, elle in-téreffe en faveur de cet Ouvrage, les bontés de l'augufte Maifon d'ORLÉANS.

que les difcours , & fur-tout l'exemple des fages Inftituteurs & des bons Parens , valent mieux que mes HOCHETS (1);

---

(1) Je dois être flatté , fans doute, de m'être rencontré avec M. le Chevalier de Cubières , pour donner le nom de HOCHETS à un Ouvrage de Littérature. Mais je dois protefter auffi , que mon Recueil avoit ce titre plus de fix mois avant que je connuffe, par le Mercure, l'Ouvrage de M. de Cubières , intitulé : *les Hochets de mon enfance.*

mais les bons Parens, les fages Inftituteurs font-ils fi communs? & ceux-là même ne recevront-ils pas avec plaifir un fecours de plus dans la tâche pénible qu'ils fe font impofée ?

La mienne aura été bien douce, fi, dans le filence de fa famille, la mère honnête & tendre, qui en partage les foins avec fon époux, daigne fourire à ce travail. J'en ai déjà trouvé le prix, dans l'efpérance d'être de quelque utilité à mes concitoyens, & dans le plaifir de paffer, *au milieu de mes enfans*, des jours auffi délicieux que pouvoient l'être ceux de La Fontaine *au milieu de fes animaux*.

Mon refpect pour cet illuftre Compatriote, me défend de rien ajouter à ce qu'on a dit de l'infuffifance, du danger même de fes Fables pour la première inftruction. J'ai donc cru néceffaires ces nouveaux Contes, dont on eût pu groffir le nom-

bre, fans doute. Mais le premier
n'eft-il pas comme une table
des vertus à l'ufage de l'enfance ;
& leur contre - pied, celle des
défauts les plus ordinaires à cet
âge ? Cette lifte, auffi courte que
le dictionnaire des enfans, a dû
être la mefure de mes mora-
lités, où je n'ai voulu introduire
aucune féerie.

D'ailleurs, ayant préféré la
Poéfie, rendue ici à l'une de fes
principales deftinations, l'inftruction des hommes, foit pour

aider la mémoire des enfans, foit pour habituer leur oreille à l'harmonie & leur langage à la précifion, je m'en fuis interdit beaucoup de reffources, dans la néceffité de me rendre intelligible. Enfin, de la naïveté à la bêtife le pas eft fi gliffant, qu'il paroît fage de n'y pas tenir long-tems.

TABLE.

LES
HOCHETS MORAUX,

C O N T E S.

LE TRÔNE.

CONTE PREMIER.

Autrefois une jeune Reine,
Du cœur de ses Sujets aimable Souve-
raine,

Sur son Trône où brillaient l'or & les
 diamans,

Promit de faire asseoir, pendant quelques momens

A ses côtés, l'enfant qui seroit le plus sage
 Du voisinage.

Après cela l'enfant, suivant son bon
 plaisir,

 Seroit le maître de choisir

 Habits, bonbons de toute espèce.

 De plus, il avoit la promesse

D'obtenir chaque jour quelque jouet
 nouveau,

Puis un joli carrosse, & puis un beau
 château ;

 Enfin, à la bonne Princesse,

On pourroit librement parler de sa sa-
 gesse.

L'un dit : sans faute ce matin
J'ai lu mon François, mon Latin,
Et bien récité mes Prières.
L'autre : sans humeur, sans dépit,
Hier je n'ai point contredit
Mes cousines qui sont si fières.
Celle-ci , par sa propreté
Sur ses habits , sur sa personne,
Avoit bien contenté sa Bonne ;
Et celui-là , de son goûté ,
Aux pauvres avoit fait l'aumône.
Beaucoup , par leur discrétion,
Leur douceur ou leur politesse,
Sur le Trône de la Princesse
Avoient quelque prétention.

Il en vient une (c'est Sophie).
Ah ! dit-elle avec modestie,

Madame, si vous connoissiez
Le Papa, la Maman que j'aime,
J'en suis sûre, autant que moi-
même,
Oui, bientôt vous les aimeriez :
Leur obéir en tout est mon bonheur
suprême.

POUR le bien qu'il a fait, chacun mérite
un prix,
Dit alors la Reine attendrie ;
Et vous l'aurez, mes bons amis.
Mais tout ce que j'avois promis,
Le Trône, les bonbons, les jouets, les
habits,
Le château, le carrosse, ah ! tout est
pour Sophie.

LA

LA CURIEUSE.

CONTE II.

UNE petite Champenoife,
Qui n'avoit pas encor cinq ans,
Et fa mère, honnête Bourgeoife,
Bien chère à tous les bonnes gens,
Vivoient à leur maifon des champs.
Un jour d'Eté, la tendre mère
Dut partir de fort grand matin,
Pour foulager dans fa mifère
Quelqu'un du village voifin.

B

En partant : vois-tu, ma Ninette,
C'étoit le nom de son enfant,
La vois-tu bien cette caffette,
Dit-elle ? je t'en fais préfent ;
Et voici la clef. Mais, écoute,
Écoute : il ne faudra l'ouvrir
Que devant ta Bonne. — Oh ! fans
    doute,
Maman, je dois vous obéir.

Oui ; mais la petite perfonne
Curieufe n'obéit pas ;
Et dans l'abfence de fa Bonne,
Elle ouvre la caffette. Hélas !
Tout-à-coup, avec grand fracas,
Un pigeon en fort, il s'échappe ;
En fe débattant, il attrape
Un flacon, le met en éclats ;

C'étoit du vin pour le repas
De Ninette la Curieuse,
Défobéiffante, menteuse ;
Et le pigeon qui s'eft enfui,
Par la Bonne eût été fervi.
Ninette alors, pour bonne chère,
N'eut que du pain & de l'eau
claire.

LES DEUX PETITS PAYSANS.

CONTE III.

J'AI vu deux petits Paysans
En Picardie, ils étoient frères;
Et cependant, leurs caractères
Étoient tout-à-fait différens.
L'aîné, (son nom étoit Jean-
    Pierre)
Gourmand, paresseux & colère,
Désoloit ses pauvres parens;

Et l'autre, appelé Théophile,
Honnête, diligent, docile,
Étoit la perle des enfans.

Un jour dans la forêt prochaine,
Ensemble portant leur dîner,
Ils allèrent se promener :
Il faisoit chaud. Tout hors d'ha-
leine,
Arrivé sous le premier chêne,
Le bon Théophile s'endort ;
     Et d'abord,
Voilà que le gourmand Jean-
Pierre,
Seul dévore les deux dîners
     Tout entiers ;
Puis retourne au village, & laisse-là son
frère.

LE CHER ENFANT s'éveille enfin :
Jugez de fes vives alarmes ;
Il ne favoit pas fon chemin.
Abandonné , mourant de faim,
Il s'écrioit , baigné de larmes :
Mon Dieu ! que vais - je devenir ?
Je ne verrai donc plus mon père !
Voici la nuit : ma pauvre mère,
Ne me voyant point revenir ,
En ce moment fe défefpère.
Mon Dieu ! que vais - je devenir ?

TOUT-A-COUP , avec grand tapage,
Traîné par fix beaux chevaux
blancs ,
Arrive un brillant équipage ;
Un grand Seigneur étoit dedans ;
Au retour de la chaffe il regagnoit la
ville.

Les pleurs du jeune Théophile
Touchèrent fon cœur généreux.
Eh ! pauvre petit malheureux ,
Lui dit-il, où donc eft ton père ?
Quoi, feul ! de quel village es-
    tu ?
La nuit vient ; que prétends-tu
    faire ?
Hélas ! Monfieur, je fuis perdu.
C'eft tout ce que l'enfant put dire,
Et fes pleurs de recommencer.
Autrement ne pouvant s'inftruire,
Le bon Seigneur, fans balancer,
Le prend dans fon carroffe, & puis,
    fouette Cocher.

Couché dans un pálais fuperbe,
Toujours bien diligent, bien doux,

Comme autrefois fur une gerbe,
Théophile eft aimé de tous.
Senfible à fa bonne conduite,
A fes talens, à fon bon cœur,
Après vingt ans, fon protecteur
Récompenfe enfin fon mérite;
D'une ferme il lui fait préfent.
Beaux champs, joli verger, baffe-cour
abondante;
Père & mère au bon fils rejoints heu-
reufement:
Voilà Théophile à préfent
Maître d'une maifon charmante.
Un foir qu'il revenoit d'aligner fes fil-
lons,
Il rencontre, fur fon paffage,
Un pauvre à-peu-près de fon âge,
A demi-couvert de haillons.

C'étoit.... hélas ! c'étoit Jean-
Pierre,

Dans la plus affreufe misère,

Pour avoir été pareffeux,

Gourmand, infenfible, colère ;

Mais Théophile généreux,

Oubliant tout, lui donne afyle.

Et Jean, par le malheur devenu plus
docile,

De fon frère avec foin cultivant le
verger,

Ne fongea qu'à fe corriger.

B v

L'INDISCRÉTION.

CONTE IV.

Sᴇ taire, & parler à propos,
Eſt le talent par excellence.
Que de mal on s'eſt fait par de légers
propos,
Qu'on ſe fût épargné par un ſage ſi-
lence !
Roſe le fait à ſes dépens.
Mais auſſi la chère Roſette,
Déſormais, je crois, plus diſcrète,
Choiſira mieux ſes confidens.

L'Été dernier à la campagne,

Rose, sous la terrrasse où finit le Jardin,

(C'est sur les côtes de Bretagne)

Vit deux beaux Voyageurs. L'un dit
d'un air benin :

Mon Dieu, l'aimable enfant! S'il vous
plaît, mon bel ange,

A qui ce Château? — Mais, Monfieur,

Il est à mon papa, le Baron de Kerlange.

D'autres Châteaux encore il est auffi
Seigneur.

Vous le favez, peut-être : il revient
d'Amérique

Bien plus riche. Maman vole au-devant
de lui :

La voyez-vous là-bas? Rien n'est fi
magnifique

B vj

.Que cé qu'il envoye aujourd'hui !
Imaginez des mouffelines,
Des étoffes d'une beauté !...

Flambeaux, vaiffelle d'or, bijoux en
    quantité ;

Et puis des diamans, & puis des perles
    fines.

Regardez ce collier, c'en eft l'échan-
    tillon.

Maman revient demain ; & quand elle
    eft partie,

Elle a laiffé cela dans ce gros pavillon,
    D'où je fors par l'orangerie.

MAIS, à propos, j'entends fonner.
Un inftant fans ma Bonne (elle
    étoit occupée)

Ce foir je me fuis échappée ;
L'on me cherche à préfent, vîte il faut
retourner.

DÉJA vous devinez , je gage ,
Quels étoient ces beaux Voya-
geurs.
Eh ! oui : juftement deux Voleurs,
Qui firent leur profit de tout ce bavar-
dage ;
Bien informés , à petit bruit ,
Sans l'aide d'aucun Domeftique,
Ils ont pillé dans une nuit
Tout le tréfor de l'Amérique.

ZOÉ.

CONTE V.

DIALOGUE.

ZOÉ, LA GOUVERNANTE,
LA JARDINIÈRE.

LA GOUVERNANTE.

Mademoiselle, eh bien! dans votre
appartement,
Pour le reste de la journée,
Pendant la Fête tristement,

Par ordre de Monſieur vous voici con-
  finée.

C'eſt pourtant un ſi bon papa !

Z o é.

Ah ! ma Bonne, je vous aſſure
Que cette fois....

La Gouvernante.

Paix.

Z o é.

Je vous jure.

Que papa s'eſt trompé ; car....

La Gouvernante.

Oh ! reſtez-en-là.

Songez que vous parlez de Monſieur
  votre père.

Il ſuffit, quand on a raiſon,
D'un oui tout ſimple, ou bien d'un
  non.

M'aſſurer, me jurer, c'eſt gâter votre af-
　　　faire ;

Mais, d'ailleurs, je ſais tout. A la fin
　　　du repas,

　　Votre bonne maman tout bas

Vous reproche un menſonge ; & loin
　　　d'être honteuſe,

　　Effrontée autant que menteuſe,

Vous accuſez à faux, pour vous juſti-
　　　fier,

Votre aimable couſin, le Marquis de
　　　Gouffier ;

　　C'eſt alors, que Monſieur le
　　　Comte,

Votre père, chagrin en commençant
　　　le bal,

Vous défend d'y paroître. Eſt-ce donc
　　　un grand mal ?

Vous pleurez : ah ! du moins, fi vous
pleuriez de honte.

Z o é.

Hélas ! ma Bonne !...

La Gouvernante.

Mais, que veut
Votre Nourrice hors d'haleine ?

La Jardinière.

Mon Dieu ! mon Dieu !

La Gouvernante.

Quoi donc, Hélène ?

La Jardiniere.

Queu malheur !

La Gouvernante.

Parlez donc.

La Jardinièrë.

Eh ! oui, fi ça fe peut,
Ouf ! il eft mort.

ZOÉ.

LA GOUVERNANTE.
Qui, mort ?

LA JARDINIÈRE.
Cet Officier d'épée,
Si bien frisé, si blanc, si beau,
Qu'on auroit dit d'une poupée,
Avec vingt plumes au chapeau.

LA GOUVERNANTE.
Quoi ! Monsieur d'Esclinsac ?

LA JARDINIÈRE.
Vraiment oui, c'est lui-même.

ZOÉ.
Oh Ciel ! par quel malheur ?

LA JARDINIÈRE.
Seule au bout du Jardin,
J'ai vu venir vers moi Monsieur votre
cousin,

Et l'autre ; tous les deux d'une colère
  extrême ,

Ils difputoient fur vous à propos du
  dîner.

C'étoient des oui , des non. Pis , v'là
  que l'Officier :

Vous en avez menti , dit - il. Vierge
  Marie !

  A ce mot , Monfieur de Gouffier

  L'épée au poing, comme en furie :

Défendez - vous , fait-il. V'là l'autre
  épée en l'air ;

Se croifant , fe frappant , y fembloit
  d'un éclair.

On recule , on s'avance ; enfin , Mademoifelle ,

J'entends un cri , je vois l'un des deux
  qui chancèle ;

Il tombe étendu mort ; & fon bel habît
    blanc,

    Ce n'eft plus qu'un ruiffeau de
    fang.

Z o é.

Quoi ! pour un démenti.

La Gouvernante.

    Celui qui ment fe plonge,
Par un funefte enchaînement,
Dans mille maux. La mort, ou l'avilif-
    fement,
Telle eft la peine du menfonge.

Plutarque dit que les menteurs
font la caufe de toutes les méchan-
cetés & de tous les crimes du monde.

ÉPAMINONDAS ne fe permettoit pas un menfonge, même pour plaifanter. L'affront qu'on attache parmi nous à un démenti, prouve que notre morale ne diffère point de celle de ces braves Payens. Les menteurs mêmes n'en difconviendront point. Mais fi, frappés de leur inconféquence, ils objectent la force de l'habitude, il y auroit pour eux la reffource des fortes de menfonges que fe permirent Carloman, Turenne & Catinat.

LE DÉMENTI.

CONTE VI.

*V*ous *en avez menti*, font quatre mots
terribles.
Nous allons voir en un moment,
Combien les hommes font fen-
fibles
A ces quatre mots feulement.
Vous rappelez-vous bien que Monfieur
de Tuffière
Avoit un grand Laquais, très-poli, fort
difpos,

Beau garçon; mais, d'ailleurs, mentant
  à tout propos,
Comme un Laquais, dit-on. Il avoít
  nom La Pierre.
  Eh bien ! ce joli garçon-là
Est devenu Monfieur, gros Monfieur
  de Finance :
  Je ne fais point commênt cela.
Mais le montrant au doigt,chacun dit :
  le voilà,
C'eft Monfieur de La Pierre; il eft dans
  l'opulence.
Hier pourtant quelqu'un, fans doute
  moins poli,
  Choqué de fon impertinence,
  Lui dit : va, mon petit ami,
Tu ne fus qu'un Laquais. — Vous en
  avez menti,

Répond-t'il. Dans le moment
 même,
Un grand foufflet vole; & foudain
Tous deux, d'une fureur extrême,
Les voilà l'épée à la main.
Hélas ! le malheureux La Pierre,
D'abord légèrement bleffé,
Puis d'un coup mortel renverfé,
De fon dernier menfonge a reçu le fa-
 laire.

LES

LES TALENS.

CONTE VII.

IL FAUT que l'on travaille. Il faut
que l'on se gêne.
Et tôt ou tard de cette peine
Le Talent sait bien nous payer.
Ainsi le serin volage
Ne doit souvent qu'à sa cage
Le charme de son gosier.
Julie, hélas! triste Julie,
Vous dédaignâtes ces avis!

C

Pleurez, pleurez votre folie.

Moi, je vais la conter à nos petits amis

FILLE d'un jeune Militaire,
Elle avoit chaque jour, fous les yeux
de fa mère,
Maître de Chant, de Clavecin ;
Maître d'Hiftoire, de Deffin ;
Puis un peu de Géographie,
Puis la Danfe. Mais pour Julie,
Ces leçons, ces foins affidus
Étoient leçons & foins perdus.
Pour la piquer d'honneur, fa mère
bien chagrine,
A l'aimable & pauvre Nanine
Faifoit partager des leçons
Que Julie éludoit par vingt fottes rai-
fons ;

Tandis que la jeune orpheline,

Laborieufe, habile, y faifoit des pro-
grès ;

Qui de la tendre mère augmentoient
les regrets.

Hélas ! ma fille, difoit-elle,

Par tant d'indifférence & de légèreté ;

Par ta négligence cruelle,

Combien mon cœur eft tour-
menté !

Songe quel chagrin pour ton père,

Quand ici de retour, (il étoit à la
guerre)

Malgré tant de dépenfe & mes foins
vigilans,

Il va te trouver fans talens !

Elle parloit encore ; on annonce Labrie.

C'étoit le fidèle valet

De Saint-Preux, père de Julie.

En détournant la tête, il préſente un
  billet.......

  — Eh bien, Labrie, eh bien, ton
  Maitre ?

Il te fuit ! & dans peu ſans doute va
  paroître ?

  — Hélas ! liſez, Madame. — O
Dieu !

D'un époux expirant c'eſt le dernier
  adieu.

Oui, Saint - Preux étoit mort. Pour
  comble d'infortune,

  Sa veuve en proie à la douleur,

Sans parens, ſans amis, & bientôt
  ſans fortune,

  Succombe enfin à ſon malheur.

Et voilà Julie Orpheline

Dans le plus affreux dénuement.
Il ne lui reste que Nanine,
Nanine & son attachement.
Épris de ses talens, touché de sa sa-
geffe,
Un homme riche offrit d'en devenir
l'époux ;
Il offrit toute sa richeffe.
Un tel choix pour Julie auroit été
bien doux.
Mais trop heureuse encor de trouver
une amie ;
De Nanine, aujourd'hui dans la prof-
périté,
Julie est, malgré sa fierté,
Demoiselle de compagnie.

L'OBSTINATION.

CONTE VIII.

NE nous y trompons point : toujours
la fermeté

Fut une vertu néceffaire.

L'entêtement, tout au contraire,

N'eft qu'un trifte fléau dans la Société.

Demandez plutôt à Grégoire ;

Grégoire, le Meûnier voifin.

De fa fille voici l'hiftoire :

On la conte à l'oreille encor dans le
moulin.

Perrette eſt le nom de la fille ;
Son âge quatorze ans ; brunette, aſſez
 gentille.
 Mais ſon humeur ? ah ! ſon hu-
  meur,
 Rien n'étoit plus acariâtre,
 Contrariant, opiniâtre.
Son pauvre père, véuf, en ſéchoit de
 douleur.
 A vous démentir toujours prête ;
 Quand elle avoit mis dans ſa tête
 Qu'en plein jour il étoit minuit,
 Au moulin c'eût été beau bruit
De la contrecarrer ! Un jour, pour une
 fête,
 Dans un village du canton,
Elle alloit bien contente avec ſa ſœur
 Marton.

Un bois épais fur leur paffage
Préfente deux chemins. — Le bon, c'eft
    celui-ci,
Dit Marton. — Oh! vraiment non, ma
    fœur, le voici.
— Point du tout. — J'en fuis fûre; &
    fuivant fon ufage,
N'en voulut pas démordre. — Oh bien!
    ma chère fœur,
Je vous fouhaite un bon voyage;
Moi, je fuis mon chemin. A travers
    l'épaiffeur
    De la forêt chacune avance;
    Mais, hélas! quelle différence!
A la fête, Marton arrive heureufement;
    Tandis que la trifte Perrette,
Errante dans le bois, harraffée, in-
    quiète,

Pâtit de son entêtement.

Ce n'est pas tout, la nuit s'appro-
che ;
Un silence effrayant règne dans la forêt.
Afin d'écouter mieux, ou de voir quel-
que objet
Qui du bon chemin la rapproche,
Elle gravit sur une roche ;
Un éclat de la roche, échappé sous ses
pas,
Roule ; & dans un bourbier l'entraîne
avec fracas.
Perrette meurtrie, éperdue,
Par terre, sans force étendue,
Pousse mille gémissemens ;
Et dans l'obscurité profonde,
N'entend que la foudre qui gronde,
Et des loups les longs hurlemens.

C v

Pendant toute la nuit une horrible
  tempête,

En augmentant fon mal redouble fa
  frayeur.

Perrette fe mouroit de befoin & de
  peur.

Le bon Grégoire, hélas ! la croyoit à la
  fête ;

Et qui fe défoloit ? c'étoit fa pauvre
  fœur.

Enfin l'orage ceffe ; une brillante aurore

Ranime de Perrette & la force & l'ef-
  poir.

Elle avance, en tremblant, vers un
  grand fycomore

Qu'elle croit reconnoître : & de-là l'on
  peut voir

  Loin du bal un certain manoir.....

Oui , c'étoit le moulin. Perrette , bien
    honteufe ,

Mais de le regagner encore trop heu-
    reufe ,

A fon père attendri , promit avec fer-
    ment

De n'avoir plus d'entêtement.

L'ÉTOURDERIE.

CONTE IX.

ÉTOURDI comme un hanneton;
(L'on fait bien qu'un enfant ne peut
être un Caton)
Mais trop eft trop. Nelfon , par fes
étourderies ,
Que de fots complaifans nomment ef-
piègleries ,
Compromet fes parens, ou court quelque danger.

Des propos fans raifon, de folles en-
    treprifes,

Des indifcrérions, vingt fortes de fot-
    tifes,

Rien, rien jufqu'à préfent n'a pu le
    corriger.

Il fe précipita la tête la première,

Croyant, le mois dernier, fauter dans
    un bateau.

A tems, par les cheveux, la bonne Jar-
    dinière

Tira mon étourdi des foffés du châ-
    teau.

Hier, autre aventure auprès des écu-
    ries.

    Je ne fais point comment Nelfon,

Livré feul un inftant à fes étourderies,

    Se fervit de poudre à canon;

Si-bien qu'un incendie, en moins d'une
journée,

Coûte, à ſes malheureux parens,

Vingt ſuperbes chevaux, carroſſes, bâ-
timens,

Sans compter la frayeur d'une telle
équipée.

Nelſon pleure, & promet d'être plus
réfléchi.

Prions Dieu qu'il en ſoit ainſi.

LA RECONNOISSANCE.

CONTE X.

S u r les bords de la Scarpe, un mal-
heureux Flamand,
Dans son indigence cruelle,
Laissoit s'écouler tristement
L'enfance de son fils, atteint de la gra-
velle.
Souvent l'infortuné Lubin,
Seul sous le chaume de son père,
N'avoit pour adoucir ses douleurs, sa
misère,

Il n'avoit qu'un petit lapin ;

C'étoit fon paffe-tems ; c'étoit fa com-
　　pagnie ,

Son tréfor , fon meilleur ami :

En un mot , ce lapin chéri

Étoit le feul plaifir qu'il connût dans
　　la vie.

Le Seigneur du village (1), un Marquis
　　bienfaifant ,

Prit en pitié ce trifte enfant.

———————————

(1) M. le Marquis d'Aouft. Sa terre
près de Douay , en Flandres , eft le lieu de
cette fcène , qui s'eft paffée fous les yeux de
celui qui n'en eft ici que l'Hiftorien.

Le château pour Lubin fut l'honorable
    asyle,
  Où, par les soins de la bonté,
  Et par l'art d'une main habile,
  Il trouva bientôt la santé;
  Puis il regagne sa chaumière.

  Pour le bien qu'il t'a fait, mon fils,
Que pourras-tu donner à Monsieur le
    Marquis,
  Lui dit alors son pauvre père?
  Hélas! papa, répond Lubin,
  Je vais lui porter mon lapin.

LA PRÉSOMPTION.

CONTE XI.

C'EST un Chevalier fort joli
Que Rofelle à douze ans. Seulement
c'est dommage
Qu'à son âge
Il s'imagine être accompli.
Afin de le guérir de cette fantaisie,
Damis, son nouveau Gouver-
neur,
Chez un célèbre Bâteleur,
Refusa, l'autre jour, d'aller de com-
pagnie.

— Eh bien , j'aurai Blondin. Et Blon-
  din juſtement ,
   Occupé de toute autre affaire,
   Ne put auſſi dans ce moment
   Être des tours de gibecière.
Mais , Monſieur , j'irai ſeul , reprend
  le Chevalier.
—Seul ! ah ! très-volontiers ; & c'eſt
  choſe conclue.
  Le voilà donc parti , notre brave
  Écolier.
  A peine il paroît dans la rue :
  Eh ! tiens , tiens , dit d'un air
  moqueur ,
  A ſa voiſine , une Poiſſarde ;
  Mais c'eſt comme un bijou ! re-
  garde.
  Oh ! le joli petit Monſieur !

— Moi, j'en ai pitié, ma com-
    mère.

C'eſt un enfant perdu, je croi.
Pour le renvoyer à ſon père,
Il faut le retirer chez toi.
— Le retirer ! Dieu m'en préſerve !
Échappé de chez lui, c'eſt quelque
    libertin.
— Oh bien, qu'il paſſe ſon chemin,
Voiſine ; & que Dieu le conſerve.

DE POLISSONS plus loin encor
Une troupe l'attend, l'agace, le har-
    cèle,
Sans repect, ſans égard pour Monſieur
    de Roſelle,
Ni pour ſon nœud d'épaule & ſon pa-
    rement d'or.

Ainſi ſans protecteur, jouet de tout le
    monde,

Dans ſa confuſion profonde,

Il gagne le tripot; puis ſe raſſure un
    peu.

L'homme aux gobelets, par ſon
    jeu,

Surprend, enchante l'Aſſemblée.

Chacun admire avec quel art

Dans un baſſin certain canard

Nage, & vogue à la main qui lui tend
    la becquée.

Roſelle, d'un ton ſuffiſant,

S'écrie : Eh! mais, Meſſieurs, c'eſt le
    fer & l'aimant.

Hélas! oui, lui répond le Maître;

Monſieur le Chevalier, oui ce n'eſt
    que cela.

Mais pour Monſieur il va paroître
Quelque autre choſe qui, peut-
　être,

Davantage l'amuſera.

Allons, Dame Gigogne; allons, Poli-
　chinelle,

Divertiſſez Monſieur. Oh ça, quelle
　nouvelle?

— J'en ſais une, Compère. On a tan-
　tôt perdu

Un noble Chevalier, joli, fort en-
　tendu.

Et ſi tu l'as trouvé, Compère,
Tu peux compter, pour ton ſa-
　laire,

D'avoir un beau petit écu.

Son papa qui l'attend avec impatience,
　Lui prépare un mot d'éloquence.

Il lui dira : Mon très-cher fils,
.. Une autre fois sans compagnie,
(Profite bien de cet avis)
Si tu sors de chez moi, n'y rentre de
. ta vie.

Nota. Dans ce Conte , imité de différens
passages d'Émile, j'ai conservé précieuse-
ment quelques expressions de l'éloquent Gé-
nevois. Le genre de mon travail m'a forcé,
d'ailleurs, à des changemens trop faciles
sans doute à remarquer.

LES
GRANDS ÉVÉNEMENS
PAR
LES PETITES CAUSES.

CONTE XII.

Sèche tes pleurs ; raſſure-toi,
Diſoit à ſa fille Clarice
Une mère elle-même encor pleine d'ef-
froi
D'avoir vu le méchant qu'on traînoit
au ſupplice.

Toujours

Toujours ton cœur compatiffant
Du plus vil animal partage la fouf-
    france:
Des foins pour tes oifeaux , pour ton
    chien careffant ,
    Voilà les jeux de ton enfance.
Hélas ! il n'en fut pas ainfi de ce mé-
    chant.
Mainte fois on l'a vu , dès l'âge le plus
    tendre ,
    Trahir fon mauvais naturel ;
Sans que de la pitié la voix fe fît en-
    tendre
A cet enfant déjà fanguinaire & cruel.
    On le voyoit dans fon village ,
    C'étoit , ma fille , un orphelin.)

D

Tantôt brûlant un chat, ou harcelant
  un chien ;
  Tantôt de leur tendre plumage
Dépouillant des oiseaux, ou traînant
  un lapin.
    En grandissant, ce misérable,
    Cruel envers les animaux,
    De noirs forfaits, d'affreux com-
      plots,
    Bientôt est devenu coupable.
    Ainsi cet Empereur Romain,
    Extravagant, fourbe, inhumain ;
Déceloit sa folie & ses penchans fa-
  rouches,
Lorsque dans son palais, seul, il tuoit
  des mouches.

La fureur de Charles IX pour la chaffe, & l'habitude qu'il avoit prife de tremper fa main dans le fang des bêtes, le nourriffent de fentimens féroces. Trois étrangers, Catherine de Médicis, le Chancelier Birague, & Albert de Gondi firent le refte.

LA POUPÉE.

CONTE XIII.

ÊTRE tout-à-la-fois boudeuse,
Et diffimulée, & flatteuse;
Oh! c'eft trop. Cependant Laure étoit
    tout cela.
Mais auffi pour ces défauts-là,
Sans amis, fans compagne; & tou-
    jours rebutée,
Laure n'avoit que fa Poupée.

Encore, un jour, pour la punir,

Sa Bonne vint la lui ravir.

Ce furent de beaux cris. Eh bien ! lui
　　dit fa mère,

La Poupée eſt au feu ; mais ſi, comme
　　j'eſpère,

Vous vous corrigez déformais,

Une autre bien plus belle...... Ah ! je
　　vous le promets,

Ma bonne Maman. — Oui ; pourtant
　　il faut encore

Vous prévenir, ma chère Laure,

Que cette Poupée à propos

M'avertira de vos défauts.

Vous riez ! ſongez-y. — Maman, où
　　donc eſt-elle ?

—Venez, vous l'allez voir. Elle parut
        fi belle,

Mais fi belle que Laure, en fon ravif-
        fement,

L'embraffa. La Poupée alors étroite-
        ment

La preffe dans fes bras. Laure fe fent
        piquée.

    Surprife, mais diffimulée,

    Elle s'échappe leftement ;

Et s'écrie : Ah ! Maman, la charmante
        Poupée !

Ces piquûres pourtant, donnèrent à
        penfer.

Seule on veut effayer. Toujours d'une
        embraffade

Plus poignante on se sent presser,
Si l'on fut dans le jour ou flatteuse, ou
    maussade.

LAURE put comprendre, à la fin,
Que pour être chérie, & garder la
    Poupée,
Il falloit être aimable, & moins dissi-
    mulée.
D'abord, elle en forma le généreux
    dessein ;
Puis en prit l'habitude; & Laure est
    corrigée.

D iv

ANGÉLIQUE
DE MONTORGUEIL.

CONTE XIV.

LA MARQUISE de Montor-
gueil,
Veuve, avoit une fille unique
Dédaigneufe, pleine d'orgueil.
On l'avoit nommée Angélique.
Un ruban neuf, un bel habit
Redoubloient fes airs de Ducheffe.

Mais quiconque s'enorgueillit,
Bientôt reconnoît fa foiblesse.

La Marquise Angélique , un
foir,
Dans un Château du voisinage ,
Alla joindre fa mère. Alors il falloit
voir
Comme on fe pavanoit dans le bel
équipage.
Ma bonne , ah ! le joli chapeau !
Difoit-elle à fa Gouvernante.
Il paroîtra , je crois , d'un goût affez
nouveau ;
Et ma polonoife eft charmante.

Mais voici bien du changement !

D v

Un gros orage en un moment,

D'un superbe chemin fait des mon-

ceaux de boue.

Pour surcroît de malheur, crac, voilà

qu'une roue

Se brise. Dans le même instant,

Une portière s'ouvre; & la belle Mar-

quise,

Sans pourtant se blesser, tombe bien

mollement

Dans un bourbier. Jugez com-

ment

S'en trouva le chapeau charmant

Et notre polonoise exquise!

LE COCHER & les deux La-

quais,

Brufqués plus d'une fois par l'orgueil
  d'Angélique ,
La plaignant d'un air ironique ,
Lui laiffoient-là prendre le frais.

MON DIEU ! Lafleur, Labrie , alors
  s'écria-t-elle ,
Mes bons amis , fecourez-moi !
Oh ! ce n'eft rien , Mademoifelle.
Quelques éclabouffures.... Quoi !
Faut-il , quand on eft auffi belle ,
Se chagriner ainfi pour une bagatelle ?

DU BOURBIER on la tire enfin.
Sur fon dos bien mouillé l'un des va-
  lets l'emporte ;
Et l'autre lui fervant d'efcorte ,

D vj

On marche à petit bruit vers le Château voisin.

Là, ce fut un autre chagrin.

On croyoit y briller par sa riche parure;

Au lieu de cela, chacun rit

De cette burlesque figure.

La pauvre Angélique en rougit,

Se promettant tout bas, après cette
aventure,

De priser un bon cœur bien plus qu'un
bel habit.

LA JALOUSIE.

CONTE XV.

D'un Gentilhomme d'Italie
Je connois les enfans : Valère, Lélio,
Et Sylvia leur sœur. L'affreuse Jalousie
    Dérange souvent ce trio.
    Sylvia jalouse, inquiète,
Sur ses frères toujours conçoit quel-
    ques soupçons ;
    Jeux innocens, habits, leçons,
    Tout aigrit sa peine secrette

Ou ſi quelquefois ſon chagrin

S'exhale en cris, en plainte amère,

Lélio qui l'adore, & l'aimable Valère,

Voudroient la conſoler en vain :

Non, non, mes frères, leur dit-
elle,

Rien ne calmera mes ennuis.

De mon père pour moi la froideur ſe
décèle

En toute occaſion. Il n'aime que ſes
fils.

Quand l'autre jour à la campagne,

Vous étiez ſi parés chez le Duc Doria,

Près de ſa fille, (enfin ce n'eſt que ma
compagne)

Qu'étoit la pauvre Sylvia ?

Ah ! j'en rougis cent fois ; & cependant
mon père,

Me préfentant à tous, paroiffoit en-
   chanté
   De la noble fimplicité
   De ma parure fi légère.
   Hélas ! jouiffez déformais ,
   Jouiffez feuls de fa tendreffe.
Non , vous n'entendrez plus d'inutiles
   regrets ;
   Bientôt la tombe pour jamais ,
La tombe enfermera ma honte & ma
   trifteffe.

   Voila de grands mots, dira-t-on !
C'eft que la Jaloufie eft peut-être élo-
   quente
   Plus qu'ailleurs , quand elle tour-
   mente

Dans le pays de Cicéron.

En effet, on craint bien que notre jeune
    folle ,

    Victime de fa paffion ,

Plus trifte chaque jour , ne tienne fa
    parole.

LE PRINCE
ET LE FROTTEUR.

CONTE XVI.

On m'a conté qu'en son enfance,
Un Prince étoit si bon, si bon !
Je le crois bien, c'étoit en France,
Et le Prince étoit un Bourbon.
Cependant, la misère affligeoit sa belle
    ame ;
Oui, déjà la misère au milieu de la
    Cour :
Tout près du Trône chaque jour,

Il favoit qu'un Frotteur, quatre enfans
    & fa femme,

Dans leur honnêteté languiffoient de
    befoins.

Le Prince en fit l'objet de fes plus ten-
    dres foins.

    Hélas ! jamais , jamais peut-être

Un tableau fi touchant ne s'offrit aux
    humains !

    Je vois les bienfaifantes mains

Du fils de trente Rois , d'un enfant &
    d'un maître ,

Au plus humble fujet porter des ali-
    mens ,

Lui prodiguer fon or ; & ces foulage-
    mens ,

Donnés par un BOURBON dans l'ombre
    du filence ,

Certes, n'attendoient rien de la recon-
noissance.

Dix ans s'étoient passés, le jeune Prin-
ce un jour
S'égara, c'étoit à la chasse.
Seul, après maint & maint détour,
Il se dépite, il se harrasse,
Et s'égare encor plus. De fatigue ex-
cédé,
Son cheval tombe mort. Un lieu frais
& tranquille,
Un ruisseau, des gazons, offrent un
doux asyle :
Voilà le Prince décidé
D'y prendre du repos. Lorsque de la
futaie,
Blessée & furieuse, il débuche une laie ;

Elle vient droit au Prince. Un homme
    vigoureux
      S'élance, & d'un bras nerveux
      Frappe, terraſſe la bête;
      Puis, tout fier de ſa conquête,
Il s'écrie: ô mon Prince! ô mon cher
    bienfaiteur!
Venez; elle eſt à nous. On ſe peint le
    Frotteur
Dans un ſi beau moment. Ce n'eſt pas
    tout encore.
Sa maiſon eſt voiſine; il y va recueillir
Dans une honnête aiſance, & traiter,
    & ſervir,
Au moins quelques inſtans, le Prince
    qu'il adore :
Et voyez ſi le Prince eût auſſi du plaiſir.

A côté de ce trait si touchant de la bonté généreuse d'un de nos jeunes Princes, on sera bien aise de trouver celui-ci.

En 1776, pendant le froid rigoureux du mois de Janvier, M. le Duc de la Rochefoucault allant à Versailles, & voyant ses deux Laquais transis de froid, les fit mettre dans son carrosse. On loua à la Cour cet acte d'humanité. « J'ai été bien fâché, répondit le Duc, de n'y pouvoir faire entrer aussi le Cocher & les chevaux. »

F I N.

APPROBATION.

J'AI LU, par ordre de Monseigneur le Garde des Sceaux, un Manuscrit intitulé : *les Hochets Moraux, &c.* & n'y ai rien trouvé qui doive en empêcher l'Impression. A Paris, ce 29 Mai 1781.

Signé, GUIDI.

PRIVILÉGE DU ROI.

LOUIS, PAR LA GRACE DE DIEU, ROI DE FRANCE ET DE NAVARRE: A nos amés & féaux Conseillers, les Gens tenans nos Cours de Parlement, Maîtres des Requêtes ordinaires de notre Hôtel, Grand-Conseil, Prévôt de Paris, Baillifs, Sénéchaux, leurs Lieutenans Civils, & autres nos Justiciers qu'il appartiendra : SALUT. Notre aîné le Sieur MONGET, Nous a fait exposer qu'il desireroit faire imprimer & donner au Public un Ouvrage intitulé : *les Hochets Moraux,* ou *Contes pour la première Enfance, dédiés à Mesdemoiselles D'ORLÉANS,* s'il Nous plaisoit lui accorder nos Lettres à ce nécessaires. A CES CAUSES, voulant favorablement traiter l'Exposant, Nous lui avons permis & permettons de faire imprimer ledit Ouvrage autant de fois que bon lui semblera, & de le vendre, faire vendre par tout notre Royaume. Voulons qu'il jouisse de l'effet du présent Privilége, pour lui & ses hoirs à perpétuité, pourvu qu'il ne le rétrocède à personne ; & si cependant il jugeoit à propos d'en faire une cession, l'Acte qui la contiendra sera enregistré en la Chambre Syndicale de Paris, à peine de nullité, tant du

Privilége que de la ceſſion ; & alors, par le fait ſeul de la ceſſion enregiſtrée, la durée du préſent Privilége ſera réduite à celle de la vie de l'Expoſant, ou à celle de dix années, à compter de ce jour, ſi l'Expoſant décède avant l'expiration deſdites dix années. Le tout conformément aux articles IV & V de l'Arrêt du Conſeil du 30 Août 1777, portant Réglement ſur la durée des Priviléges en Librairie. Faiſons défenſes à tous Imprimeurs, Libraires, & autres perſonnes de quelque qualité & condition qu'elles ſoient, d'en introduire d'impreſſion étrangère dans aucun lieu de notre obéiſſance; comme auſſi d'imprimer ou faire imprimer, vendre, faire vendre, débiter ni contrefaire ledit Ouvrage, ſous quelque prétexte que ce puiſſe être, ſans la permiſſion expreſſe & par écrit dudit Expoſant, ſes hoirs ou ayans-cauſe, à peine de ſaiſie & confiſcation des Exemplaires contrefaits, de ſix mille livres d'amende, qui ne pourra être modérée, pour la première fois, de pareille amende & de déchéance d'état en cas de récidive, & de tous dépens, dommages & intérêts, conformément à l'Arrêt du Conſeil du 30 Août 1777, concernant les contrefaçons : A la charge que ces Préſentes ſeront enregiſtrées tout au long ſur le Regiſtre de la Communauté des Imprimeurs & Libraires de Paris, dans trois mois de la date d'icelles; que l'impreſſion dudit Ouvrage ſera faite dans notre Royaume, & non ailleurs, en beau papier & beaux caractères, conformément aux Réglemens de la Librairie, à peine de déchéance du préſent Privilége ; qu'avant de l'expoſer en vente, le Manuſcrit qui aura ſervi de copie à l'impreſſion dudit Ouvrage, ſera remis dans le même état où l'Approbation y aura été donnée, ès-mains de notre très-cher & féal Chevalier, Garde des Sceaux de France, le Sieur HUE DE

MIROMÉNIL, Commandeur de nos Ordres; qu'il en sera ensuite remis deux Exemplaires dans notre Bibliothèque publique, un dans celle de notre Château du Louvre, un dans celle de notre très-cher & féal Chevalier, Chancelier de France, le Sieur DE MAUPEOU, & un dans celle dudit Sieur HUE DE MIROMÉNIL : le tout à peine de nullité des Présentes ; du contenu desquelles vous mandons & enjoignons de faire jouir ledit Exposant & ses ayans-cause, pleinement & paisiblement, sans souffrir qu'il leur soit fait aucun trouble ou empêchement. Voulons que la Copie des Présentes, qui sera imprimée tout au long, au commencement ou à la fin dudit Ouvrage, soit tenüe pour dûement signifiée, & qu'aux copies collationnées par l'un de nos amés & féaux Conseillers-Secrétaires, foi soit ajoutée comme à l'original. Commandons au premier notre Huissier ou Sergent sur ce requis, de faire, pour l'exécution d'icelles, tous actes requis & nécessaires, sans demander autre permission, & nonobstant clameur de Haro, Charte Normande, & Lettres à ce contraires : CAR tel est notre plaisir. Donné à Paris le dix-huitième jour du mois de Juillet, l'an de grace mil sept cent quatre-vingt-un, & de notre Règne le huitième.

Par le Roi en son Conseil.

Signé, LE BEGUE.

Registré sur le Registre XXI de la Chambre Royale & Syndicale des Libraires & Imprimeurs de Paris, N°. 2426, fol. 528, conformément aux dispositions énoncées dans le présent Privilége, & ce à la charge de remettre à ladite Chambre les huit Exemplaires prescrits par l'article CVIII du Réglement de 1723. A Paris, ce 20 Juillet 1781.

Signé, LE CLERC, Syndic.